꽃이 비에게

김인숙 시집

시음사
시사랑음악사랑

한 손에는 촛불을 또 한 손에는 펜을 잡은 시인 김인숙

그리움, 보고 싶어 애타는 마음. 회상, 지난 일을 돌이켜 생각함. 또는 그런 생각. 희망, 어떤 일을 이루거나 하기를 바람. 이런 사전적 의미보다 김인숙 시인은 보이지 않는 실체를 찾아가는 재미가 있어 시를 짓는다고 한다. 풍경이나 사람들 속에서 일어나는 사상, 감흥, 상상 등에 리듬을 더해 가면서 자신의 기억을 글로써 표현하지만 늘 뭔가 채워지지 않는 허전함에 또 시를 쓴다는 김인숙 시인을 만나보자. 나이팅게일 선서를 한 시인은 가운을 착용했다. 한 손에 촛불을 들고 주변을 비추는 봉사와 희생정신을 들었다. 또 한 손에는 펜을 잡았다. 그리고 사랑과 믿음. 이별이란 단어와 삶에서 주는 무게까지를 저울에 달아 가면서 시를 쓰기 시작한 김인숙 시인이다.

시가 알면 알수록 어렵다는 김인숙 시인이 선택한 화두는 생활속에서 느껴지는 공감성을 선택했다. 그러기에 누구나 편안한 마음으로 한편의 작품을 읽는 데 그리 오랜 시간이 걸리지 않아도 시인이 무얼 말하는지 화자가 어떤 심상에서 이미지를 그렸는지를 쉽게 알 수 있다. 그러면서도 김인숙 시인의 작품에는 깊은 사유를 가지고 정독해야만 하는 작품이 많다. 그것은 아마도 시인이 말하고자 하는 범주에서 내용, 형태, 효용성으로 엮어 미의 운율적 창조다운 작품을 구사하고 있기 때문일 것이다. 그러기에 김인숙 시인은 대한문인협회에서 시행하는 금주의 시로 선정되기도 하고 이달의 시인으로 선정되는가 하면 우수작으로 선정될 정도로 실력 또한 갖춘 시인이다. 이제 시인이라는 이름으로 "꽃이 비에게"라는 화두로 독자 앞에 자리를 펴고 그 결과를 기다린다. 누구에게나 첫사랑은 있다. 김인숙 시인은 이제 독자와의 첫사랑을 시작하려 하기에 그 첫사랑을 함께 하고자 하는 마음을 담아 김인숙 시인의 "꽃이 비에게"를 추천한다.

사단법인 창작문학예술인협의회 이사장 김락호

시인의 말

삶!
내 눈에 들어온 너는
이미 나의 시 눈부시다
내 맘을 울컥 건드린 너는
쿵쿵 심장 감동이다
가장 외롭게 하며 가장 기쁘게 하는
헤아릴 수 없는 별이다
나는 오늘도
하늘로 놓인 사다리를 오르는 꿈을 꾼다
현실에서 꿈을 소진하고
기진맥진한 밤이면
별을 사탕처럼 녹여 먹으며
다시 풀잎처럼 일어난다.

봄날 새싹이 돋듯 이제 수줍게 고개 내밀어
서툴지만 설레는 가슴으로 난생처음
첫 꽃잎 같은 시집을 펼쳐봅니다
시를 아끼시는 분들의
따스한 사랑을 만나러 가는
설레는 첫걸음에 응원과 격려 감사합니다.

시인 **김인숙** 드림

♣ 목차

1장 꽃이 비에게

9 ... 봄은
10 ... 들꽃
11 ... 봄꽃 1
12 ... 봄꽃 2
13 ... 벚꽃 길
14 ... 제비꽃
15 ... 버들강아지
16 ... 민들레
17 ... 목련
18 ... 배꽃
19 ... 나팔꽃
20 ... 봉숭아
21 ... 백일홍
22 ... 강아지풀
23 ... 달맞이꽃
24 ... 토끼풀
25 ... 호박꽃
26 ... 장미 넝쿨 집
27 ... 꽃을 만나러
28 ... 백일홍 앞에서
29 ... 꽃바구니
30 ... 못다 핀 꽃
31 ... 꽃향기
32 ... 나무야 꽃들아
33 ... 꽃시계
34 ... 장미꽃 미소
35 ... 꽃비
36 ... 꽃이 비에게
37 ... 봄비 소리
38 ... 꽃잎차

QR 코드

스마트폰으로 QR 코드를 스캔하면
시낭송을 감상할 수 있습니다.

 제목 : 꽃을 만나러
시낭송 : 김지원

 제목 : 꽃바구니
시낭송 : 최명자

 제목 : 꽃잎차
시낭송 : 박영애

 제목 : 강아지풀
시낭송 : 박영애

2장 그대에게

40 ... 그대에게

41 ... 그림자

42 ... 욕심쟁이

43 ... 보이시나요

44 ... 그대 뜨락에도

45 ... 일장춘몽

46 ... 새벽 꿈길

47 ... 사랑

48 ... 만남

49 ... 겨울잠

50 ... 바람개비

51 ... 나의 봄

52 ... 새싹이 돋듯

53 ... 그리움

54 ... 사랑해

55 ... 내 삶의 겨울에는

56 ... 꿈을 꾸어요

57 ... 우체통

58 ... 그대를

59 ... 마음 항아리

60 ... 그냥

61 ... 그대

62 ... 섶다리

63 ... 초롱별

64 ... 예쁘다

65 ... 바라봅니다

66 ... 알콩달콩

QR 코드

스마트폰으로 QR 코드를 스캔하면
시낭송을 감상할 수 있습니다.

제목 : 그대에게

시낭송 : 김지원

♣ **목차**

3장 세상 길 가는 동안

68 ... 여행

69 ... 잣대

70 ... 등목

71 ... 나뭇가지

72 ... 뜨거운 햇살 아래

73 ... 마중물

74 ... 나만은

75 ... 김밥

76 ... 콩 한 쪽

77 ... 모태시인

78 ... 이왕이면

79 ... 삼겹살과 소주

80 ... 사발면

81 ... 알감자

82 ... 쉼이 필요할 때

83 ... 눈부신 햇살

84 ... 햇살 좋고 바람 좋고

85 ... 0자의 하루

86 ... 종이컵

87 ... 살아가면서

88 ... 계절을 그리며

89 ... 믿음

90 ... 입고 싶은 옷

91 ... 너는 내 것이라

92 ... 생각의 숲에는

93 ... 허드렛물일지라도

94 ... 세상 길 가는 동안

95 ... 기도

96 ... 들깨

98 ... 주님께

QR 코드

스마트폰으로 QR 코드를 스캔하면
시낭송을 감상할 수 있습니다.

제목 : 햇살 좋고
　　　 바람 좋고
시낭송 : 박순애

제목 : 믿음
시낭송 : 박순애

4장 가로수의 겨울

100 ... 떠나는 가을
101 ... 아름다운 연습
102 ... 빈 화분
103 ... 기차 안에서
104 ... 이슬
105 ... 가을날의 오후
106 ... 가을 산책
107 ... 단풍 문자
108 ... 까치밥
109 ... 공중전화
110 ... 깜장 고무신
111 ... 추석 송편
112 ... 허수아비의 짝사랑
113 ... 꽈리
114 ... 잠 못 드는 밤
115 ... 외로움
116 ... 빈 의자
117 ... 추운 날
118 ... 고드름
119 ... 마중
120 ... 겨울 나뭇잎
121 ... 겨울비
122 ... 가로수의 겨울
124 ... 겨울
125 ... 그 순간에는
126 ... 숫자 1
127 ... 세월 속에서

QR 코드

스마트폰으로 QR 코드를 스캔하면
시낭송을 감상할 수 있습니다.

제목 : 아름다운 연습
시낭송 : 박영애

제목 : 겨울
시낭송 : 김지원

1장 꽃이 비에게

한곳에서 꼼짝도 못 하는
이 부질없는 눈물
비가 되어
내리고 싶다
내리고 싶은 곳에
흠뻑 내리고만 싶다

봄은

이 좋은 봄날
꽃노래 한 소절
부르지 못함은 슬픔이에요

희망의 날개 속에 사랑을 품고
포근히 새 생명 틔우고야
얼굴은 빛이 나지요

아프고 어두운 추운 구석
하나쯤은 있기에

꽃잎 같은
여린 눈물 뚝뚝
바람에 훨훨 날려

기쁨 희망 설렘
새롭게 환한 미소
꽃피워 내지요

살얼음판 긴 겨울
훌쩍 뛰어넘어
꽃무늬 예쁜 옷 입고
랄랄라 봄은 꽃 춤을 추어요

들꽃

순수한 수줍음에 가녀린 미소
너는 자라면 향기 널리 퍼질 거야

길모퉁이 틈바구니에
외로이 태어나
무심한 발걸음에 밟혀
여린 이파리
붉은 피멍 물들어가도

나중에 꽃이 핀 다음에
고운 빛임을 알게 될 거야

바람결에
웃음 웃고 울기도 하면서
마침내 꽃피운 기쁨 한 송이

나는 너에게 나를 숨죽여
너의 맑은 노랫소리 귓가에 담아 본다

희망 한 송이 피우며 살아보라고
잠잠히 인내하며 살아보라고
들꽃 향기 은은하게 속삭여준다

봄꽃 1

겨우내
잠만 자다
봄이라길래
하늘빛 맑은 물에
세수만 했다는데

창백한 입술엔
꽃분홍색 립스틱 한 번
발랐다는데
지나가는 사람들이
한 번씩은
꼭 쳐다본다네

아~!
예쁘다
화사하다
정말 봄꽃이 피었네

봄꽃 아씨 쑥스러운 듯
꽃잎사귀에 숨어
햇살 거울에 얼굴 살짝 들여다보네

봄꽃 2

해맑은 하늘은
너의 고운 얼굴을
사로잡으려는 듯
햇살 듬뿍 내리고

살랑살랑 부는 바람
담장 사이로
길 건넛집 그 어디든
너의 기쁜 꽃 미소
연신 실어 나른다

길을 가다 멈추어
사르르 손짓하는 너를 보았다
우리 서로 마주 보았다
봄!
봄이다!

기쁜 느낌표
기쁨
찰칵찰칵
희망 카메라로 찍어주었다

벚꽃 길

해가 저물고 길가에 벚꽃들이
한창 발그레 미소 지으면
나는 그대의 따스한 손을 잡고
끝도 없이 걷고 싶어라

이렇게 보드라운 봄바람이
볼을 쓰다듬어 주는 날
꽃잎이 방글방글 정겨운 날

바람이 되어 꽃잎이 되어
그대와 함께 벚꽃 길을
하염없이 걷고 싶어라
오래오래 행복해지고 싶어라

제비꽃

앙증맞은 아가야
엄마는 어디 두고
너희들만 험한 들에
나와 있느냐

봄바람이 스쳐 지날 때
춥고 아프지는 않은지
그 여린 볼살이
햇볕에 타지는 않을까
나는 문득 가던 길을 멈추어
슬픈 눈으로 들여다본다

모두 환하게 웃으며 씩씩하게
걱정하지 마시라 하는구나

그래 걱정하지 말아야 해
긴 겨울 추위를 이기고 꽃피운
너무나 작고 여려 보이기만 한
너희들이
오히려 내 눈물을 위로해 주는구나!

버들강아지

이쁘다
귀엽다
사랑스럽다
너무 좋아서
더 할 말을
못 찾겠다

수줍어서
봄바람 가슴에
얼굴 숨기고
꼬랑지만
보인다고

내가 널
모를 줄 아니
다 보여 네 마음
너도
나를
좋아하는 거 맞지?

민들레

보았다
보도블록 사이에서
빼꼼 얼굴 내밀어
웃고 있는 너를

담장 밑에도
그 삭막한 어디든 마다치 않고
어여삐 꽃 잔치 벌이는 너를

보았다
깨진 돌 틈 사이 같은
내 아픈 마음에도
노란 민들레 한 송이
피어나는 것을…….

목련

다가가면
환하게 웃음 지으시는
그대, 거기 꽃으로 계시네요

어느 날은
차마 손끝 하나 잡아 볼 수도 없는
꽃잎마다 눈물 글썽이는
못내 아쉬운 그대

어두운 밤엔 등불 켜시고
빈 가슴에 넘치는 기쁨을
안겨주시는 고마운 그대

이 봄이 다 가기 전
그리움 가득 내어 드려도 좋을
넉넉히 품어 밤낮으로 환한 사랑
심장 같은 설렘 나의 그대여!

배꽃

깊은 시름 다독이며
잠들기 전
환하게 피어 오신다
약속하셨지요

까만 밤하늘 아래
바람 소리 가슴앓이건만
임은 못 오시고

배꽃만 가득 피어
달빛 젖은 배나무밭엔
아른아른 임의 모습
하얀 꽃 눈물로 아롱지네

나팔꽃

미워할 수 없는
욕심쟁이
나 좀 보라고
나 좀 이뻐해 주라고
나 좀 사랑해 달라고
나팔을 분다

붕붕 나팔 소리
그 임의 가슴을 흔들고
언제나 곁에 있겠다는
약속의 메아리 안고
기쁜 노랫소리
방긋방긋
웃음 활짝 피어난다

봉숭아

붉게 타오른 꽃잎
떨리는 숨결

장독대 곁에 잠들고
찬 이슬 맺혀도

오랫동안 곱게 물들
포근한 꿈을 꿉니다

기다림의 긴 서러움
꽃 눈물 뚝뚝 떨구기 전에

나의 사랑 그대여
어서 오셔서
이 한 잎 붉은 입술
그대 손끝에라도 닿게 하소서

백일홍

그대 내게 꽃으로 오시니
하루가 너무나 짧아
아쉬움 가득 고인
행복한 눈물이 납니다

흠뻑 내려주신 사랑을
가슴 터지도록 안으면
시간이 이대로
멈추어 주었으면 합니다

그대가 심어준
처음 백일의 사랑
마지막 사랑이 되어
백 년을 품고
이 땅에 살아갈 이유가 된
나의 임이여!

그립고 그리운 눈물
꽃잎 되어 무수히 쏟아지니
뜨거운 꽃물결 가슴속 강물 되어
흐르고 또 흐릅니다

강아지풀

여럿이 있으면서도
혼자이고
혼자 있으면서도
여럿인 그 길가에서

흔들리고 있는
강아지풀이 자꾸 생각난다

불어오는
바람의 손을 잡고
가녀린 허리를 일으켜
보실보실 복스럽게 웃고 있다

까칠한 마음을 숙여 빙그레 웃음
금방 자잘한 정이 들어
자꾸만 눈길이 간다

서로 웃을 수 있는 너와 나
어느 한순간이라도
함께한 시간이 소중하기에

살아가는 오늘이 소박하지만
기쁨이다
행복이다
사랑스럽다

제목 : 강아지풀
시낭송 : 박영애
스마트폰으로 QR 코드를 스캔하면
시낭송을 감상할 수 있습니다.

22

달맞이꽃

사랑스러운 꽃님아
너도 예쁜 신발 신고
나처럼 걷고 싶고
때로는 놀러도 다니고 싶겠지

오늘은
내 마음을 담은 꽃신
네게 신겨 주고 싶어
저녁 강가에서 달님을 기다린다

달님을 기다리는 내내
행복한 느낌 꽃무늬로 찍어
네게로 전해주고 싶단다

달빛으로 빚고 설렘으로 엮어
어느새 노랑 달맞이 꽃신 만들면
이 밤 사뿐사뿐 아름다운 꿈길
행복한 미소의 너를 오랫동안
보고만 싶다

토끼풀

너는 토끼풀이야?
행운의 풀이야?

네 안에서 행운을 찾느라
반나절을 쪼그리고 기도했지

그런데 행운 대신
행복을 주었지

풀꽃 반지 손가락에
꼭꼭 묶어주던 날

행복이 손가락 마디마디 타고
꽃향기로 사르르 피어올랐지

호박꽃

나는 누군가에게
한 다발 축하선물로
뜨거운 사랑의 고백으로
한 번 안겨드린 적도 없는 꽃

호박꽃도 참 예쁘다
사랑스러운 말을 들을 때
움츠려진 꽃봉오리 노란 가슴
햇살 담아 벙긋이 피어오르죠

나의 이름을 불러준
그대 다정한 입술이여
예쁘게 바라본
맑은 물결 일렁이는 눈빛이여

나 어여쁜 꽃봉오리
떨리는 노란 수줍음
마냥 행복한 꽃이니
그대의 두 눈 속에 잠겨
헤어날 수조차 없습니다

장미 넝쿨 집

늘 궁금했다
저 장미 넝쿨 집에
사는 사람들이…….
그 집안의 풍경이…….

부러운 눈을 하고
낡은 유리창에 기대어 살짝 보곤 했다

아무것도 볼 수 없었다
가시 돋친 저 깍쟁이
이쁜 장미 넝쿨만이
집을 지키고 있었다

그 집엔 사람이 없었다
아침이면 조잘조잘 참새와
명랑한 까치가 다녀갔다

사람들은 다 어디 있는 걸까
고요한 적막 속에 장미꽃은 피고
새는 노래하는데 사람만 없다

내 마음속에 때때로
그 장미 넝쿨 집이 들어선다
다들 어디 있는 걸까

꽃을 만나러

나 예쁘다는 꽃 만나려고
먼 길을 찾아 나섰다
내가 예뻐하는 꽃 만나려고
먼 길을 찾아 나섰다

비가 내린다
비에 젖은 꽃이 가엽게 피어
가녀린 미소로
따뜻한 향기로 반겨주었다

나 닮은 꽃 만나려고
나 좋아하는 꽃 만나려고
비 오는 들길을 걸어가다가

흠뻑 젖은 그리움이
꽃으로 포근히 피어나는
예쁜 꿈을 꾸었다

제목 : 꽃을 만나러
시낭송 : 김지원

스마트폰으로 QR 코드를 스캔하면
시낭송을 감상할 수 있습니다.

백일홍 앞에서

백일동안 피어있다는
백일홍 앞에서 나는 이 글을 쓴다

사람아
백 년 살기도 힘든 사람아
백일을 사랑하기도 힘든 사람아

함께 까르르 꽃피운 그 사랑은
하루아침에 아침 안개처럼 사라지고
풀잎에 이슬보다 짧게 왔다 사라지는 사람아

꽃도 백일은 피어있고
거북이도 백 년은 넘게 산다는데
이 땅에서 백 년도 못 살고
백일도 사랑할 줄 모르는 사람아

보고 싶단 말도 하지 않기로 하자
애써 잊으려 힘든 술잔 기울이며
긴 밤을 비틀비틀 차디찬 이슬로 채우지 말자

지금 이대로 이 자리에서
너와 나의 길을 아끼며 걸어가자
백 년도 백일도 못할 그 사랑에
아파하지 말자 가슴 치지 말자

꽃바구니

네가
나에게 처음 온 날엔
낯설고
싱싱한 봄 향기로 설레었다

며칠 지나
보았을 때는
더러더러 시들은 모습

두고 보기에도 안쓰러워
너의 가슴에 얼굴을 묻었을 때
봄꽃 향기 대신
푸근한 가을풀 냄새가 났다

언젠가는 마른 꽃이 되어
내 곁을 떠날까 봐 바보같이
눈물이 났다

아직은 예쁘기만 한 너를
보면 볼수록
너무나 사랑스러운 너를
새벽잠에서 깨어
지치도록 바라보고 있다

제목 : 꽃바구니
시낭송 : 최명자
스마트폰으로 QR 코드를 스캔하면
시낭송을 감상할 수 있습니다.

못다 핀 꽃

계절을 잃어버린
붉은 서러움인가

꿈을 잃어버린
애끓는 아쉬움인가

네 친구 모두 피었다가
사라지고 없는데

낯선 추위 속 냉랭함
그 모진 외로움 어떡하라고

너 홀로 태어나
아픈 사랑 꽃피우고 있는가!

꽃향기

무심히 지나가는 길가에
바람 타고 한들한들
피어있는 꽃

이름도 모르고
관심 있게
들여다봐 준 적도 없는데
지친 발걸음 멈추게 하고
찌들은 얼굴에
꽃향기를 흠뻑 뿌려주네

어느새 밝아진 맘속
꽃들의 맑은소리 향긋향긋
들려오고

웃음 활짝 피어난 얼굴
꽃보다 예쁘다며
정겨운 꽃향기
코끝을 살살 간지럽히네

나무야 꽃들아

온종일 쉬지 않고
바람 따라 흔들리며
한자리에서 일만 하는
나무야
꽃들아
언제가 쉬는 날인지
우리 소풍 가지 않으련?

꽃시계

당신을 만나기 위해
부지런히
온다고 했는데
너무 늦게 왔나 봐요

이렇게 좋은 당신과
함께 할 시간이
짧기만 하네요

날이 밝고 어두워져도
오로지 당신을 향해
가고 또 가다가

멈추지 못하는 그리움
꽃피고 지는
나는
당신의 꽃시계입니다

장미꽃 미소

멀리서도 너의 모습
내 맘을 흔들고

눈 안에 쏙 들어와
눈웃음 지어주네

아침 출근길
콧노래 나오는 건

장미꽃 붉은 미소
한몸에 받아버린

뿌듯한 내 맘
꽃물들은 까닭이지

꽃비

이 세상에서 가장 순결한
그대의 꽃이 되어
마른 가슴을 적시고 싶습니다

한 번뿐인
그대의 처음이자
마지막 꽃비로 내리고
싶습니다

슬픈 눈물이 꽃으로
꽃으로 피어나는 까닭은
그대에게 쏟아져 내림이
가장 행복하기 때문입니다

꽃이 비에게

내 가슴에
내리고 싶을 때
내려서
흠뻑 적시어 보듬어 주고
아쉬움도 접은 듯
깔끔한 너의 뒷모습

나, 한 잎 그리움
가녀린 꽃으로
하루의 시작과 끝에
애달피 매달려 있는데

한곳에서 꼼짝도 못 하는
이 부질없는 눈물
비가 되어
내리고 싶다
내리고 싶은 곳에
흠뻑 내리고만 싶다

봄비 소리

허덕이던 땅
흡족한 빗소리에
모든 만물이
기쁨을 참지 못하여
웃음꽃은
춤추며 피어나네

갈라진 상처와
깊은 시름이
끙끙 앓던 날

시원한 빗줄기
풍성한 손길이
새 생명의 숨을 쉬는
감격의 포옹을 하고

어둠이 온다 해도
두렵지 않으며
외롭지 않을
기쁨으로 이겨 낼
봄비 오시는 소리

꽃잎차

좋은 기억 속의
한순간을 꽃피워 오신
당신이 좋습니다

겨울 창가에
쓸쓸한 맘 내려앉으면
부드러운 향기의
따뜻한 당신이
가슴 떨리게 스며옵니다

그런 당신을
감히 사랑한다고
말하지 못합니다
그냥 무작정 당신이
좋기만 합니다

향기도 따뜻함도
다 사라진 그때
그래도
당신이 마냥 그리우면
사랑한다고 말하겠습니다

제목 : 꽃잎차
시낭송 : 박영애
스마트폰으로 QR 코드를 스캔하면
시낭송을 감상할 수 있습니다.

38

2장 그대에게

이제 내가
그대를 밝게 비춰주는
별이 되고 달이 될게요
낮엔 해님처럼
늘 그렇게 사랑할게요

그대에게

아침에 눈을 뜨고 일어날 때
생각나는 그대가 있어서
참 따뜻합니다

하루가 저물어 갈 때
수고했단 정겨운 말 한마디
상큼한 향기로 안겨 오지요

잠 못들은 날에는
어찌 아셨을까요
별빛으로 달빛으로
찾아오시는 그대

이제 내가
그대를 밝게 비춰주는
별이 되고 달이 될게요
낮엔 해님처럼
늘 그렇게 사랑할게요

제목 : 그대에게
시낭송 : 김지원
스마트폰으로 QR 코드를 스캔하면
시낭송을 감상할 수 있습니다.

그림자

물속에 비친 모습
네 모습 닮아서

나 자꾸만
들여다보다
그만
풍덩 빠지고 말았네

나 닮은 너에게
너 닮은 내가 있었네

욕심쟁이

착한 사람도
예쁜 사람도
따뜻하고
멋진 사람도
이 세상엔 참 많겠지요

아무리 많아도
그대에게만은
이 세상에서 제일
좋은 사람
착하고 예쁘고
따뜻하고 멋진 사람이
나였으면 좋겠어요

당신에게 듣고 싶어요
내가 그런 사람이라고
그런 사랑이라고

보이시나요

맑은 날만 날씨고
흐린 날은 날씨가 아닌가요

비바람 부는 날은 날씨가 아니고
햇볕이 쨍쨍 나는 날만 날씨 인가요

그대 향한 내 마음도 날씨 같아서
맑으나 흐리나 미우나 고우나
웃어도 울어도 삐지고 화나도
그 어느 때나

오직
그대를
사랑하는 마음 때문인 것을

오직
그대에게
사랑받고 싶은 마음 때문인 것을
이런 내 마음
내 사랑이 보이시나요?

그대 뜨락에도

그립도록 울고 싶은 가슴에
꽃씨 하나
심어도 될까요

날씨가 너무 좋은
이런 날엔
보고 싶던 꽃 한 송이
피워도 될까요

그대 뜨락에도
나 닮은 꽃 한 송이 자라
햇살 아래 방긋이 피어 있을까요

일장춘몽

그냥 한 겨울날의
외롭고 쓸쓸한 날에
꽃피우고 싶었던
따스한 꿈이었습니다

계절의 봄은 왔지만
꽃도 나무도 겨울을 이기고
저렇게 예쁘게 살아 있는데
뜨락엔 아직
시린 눈물 꽃이 애타도록
봄볕을 꿈꾸며 기다립니다

다시는 못 볼 꿈이어도
따스한 꿈을 꾸었음에
행복했습니다

꿈에서 깨어나
몹시도 서러워 울지라도
지금 행복하다고 말하겠습니다

새벽 꿈길

도무지 생각나지 않던
얼굴이
오늘따라
눈앞에 선명히 그려집니다

참 많이도 보고 싶은
막연한 그리움을 따라
새벽을 눈물겹게
흐르고 있습니다

그대 찾아가다가 가다가
꿈길 잃어 헤맬 때라도
홀로 버려두지 마시고
어여삐 그대 가슴에 담아 주소서

사랑

당신을 만나고 오는 길에
눈물이 납니다

아쉬운 마음에 뒤돌아보니
낯선 자동차들과 초봄의 알싸한 바람이
지나갑니다

모든 것이 지나가는 바람이요
잠깐 왔다 사라지는 안개 같은
인생이라고 하지만

영원의 시간 속에
당신이 계심을 믿습니다

하루의 처음 시간에 가장 먼저
때 묻지 않은 두 눈 속에 담긴
당신을 마냥 바라보는 오늘이
참 따스합니다

만남

수많은 사람 중에
나의 별이 되고
너의 내가 되는

수많은 글 중에
너를 품어 내가 되고
내가 네가 되는

아무리 생각해도
신기하기만 한 일
너와 나

우리는 무엇으로
이렇게 만나
이토록 그립기만 한 걸까

겨울잠

나는 아직 잠을 잘 테요
눈 뜨고 일어나면
피우지 못한 미친 그리움이
황량한 겨울 들판에서
흐느끼는 깃발처럼
내 숨을 뒤 흔들기 때문이요

봄을 기다리는
꿈 대신
겨울잠에서
여린 가슴팍을 단단히 동여매고
아주 오랜만에 평화로운
꽃 꿈을 꿀 테요

바람개비

무심히 지나치는
바람 한 줄기
늘 불어오고 불어 갔건만

어느 날
내 가슴 속으로
깊이 파고 흔들어
골 깊은 그리움이 될 줄은
정말 생각하지도 못했다

그 새벽, 시린 그리움 하나로
내 창가를 흔들던
너의 울부짖음보다
더 못 견디게 울게 될 줄은
나는 까마득히 몰랐다

나의 봄

봄 앞에서
나는
마음을 꿇어 앉히고
눈물로 애원한다

지난겨울의
혹독한 추위 속에
질기고도 질긴 희망하나를
내려놓지 못한 까닭이다

때때로
햇볕이 내리쬐는 시간에도
잃을까 봐 못 만날까 봐
불안한 마음이 울고 있었다

축 처진 마음이 스프링처럼
살아나는 날을
아주 오랫동안
인내하며 꿈꾸고 기다렸다

나의 봄을 부둥켜안을 날이
점점 가까워져 온다
가슴이 이렇게 쿵덕쿵덕 뛰면서
봄맞이 길로 달려가고 있다

새싹이 돋듯

나의 춥고 외로운 뜨락에도
꽃씨 하나 날아와
싱싱하고 반짝이는 숨을 쉽니다

생각지도 못한 방문에
오히려
수줍고 낯설어
좋으면서도
기쁘게 반기지도 못하고
숨었습니다

새 식구가 생겨서
맘이 든든해졌습니다
사랑할 사람이 한 명 더 생겨서
뿌듯합니다

얼어붙은
내 마음에도 봄이 왔는지
자꾸만 맛난 걸 주고 싶어
부엌에서부터 사랑이 싹틉니다

그리움

당신을 향한
그리운 강물을
꽁꽁 가둬 둔 후
일렁이는 커다란 댐이
생겼습니다

사랑해
가슴 설레는
그 단어
다정한 그 음성에
그만 울컥 터져버린

어찌할 수 없이 넘쳐버린
기쁜 그리움 온전히
당신께
모두 쏟아지고 말았습니다

사랑해

사랑해가 눈부시도록
들어온 가슴엔
젖은 슬픔이 보송보송
말라갑니다

의심의 안개가 걷히고
고드름 같은 외로움도 녹아
새싹 같은 생명이
핏줄을 타고 흐릅니다

혼자 있어도 둘이 있어도
따스한 그리움을 안고 있기에
평온합니다

어둡고 쓸쓸한 뒤안길에
환하게 오신
목숨을 다해서
사랑해도 아쉬울 당신

목마른 광야 길에 함께 하신
나의 임이여
당신이 주신 그 사랑으로
남은 길을 기쁘게 달려갑니다

내 삶의 겨울에는

만났을 때 너무나 반가워
못생겼는데도
예쁘다며 어찌할 줄 몰라
마냥 싱글벙글한 사람이면 좋겠습니다

만나고 돌아올 때는
그 모습 보이지 않을 때까지
지켜봐 주는
애틋한 눈빛의 사람이면 좋겠습니다

이 겨울에는
나로 인해 행복하다고
그래서 아무것도 부러워할 게 없다는
마음 부자인 사람이면 정말 좋겠습니다

꿈을 꾸어요

고요한 새벽
창문을 열어
하늘을 보니

별님도 달님도
잠이 들었는지
어둠만이 드리웠어요

하늘도 잠든 새벽
내 안에 우두커니
잠 못 이루는
외로운 이름이여

당신도 이제는
달콤한 꿈을 꾸어요

내가 당신을
얼마나 사랑하는지
꿈속에서 보여 드릴게요

우체통

기다리는
소식은 오지 않아도
기다리는
사람은 오지 않아도
우체통은
늘 한자리에 서 있다

잠도 안 자는지
눈을 매일 뜨고 있다
공허한 눈 속에 들어오는
반가운 햇살과
잠깐씩 이야기 나누고
무료함을 달래고 있다

오늘 우체통 품속에
평생 외롭지 않을
시를 적어 주고 싶었다

뭐라고 써주어야 할 줄 몰라
안타까운 걸음
낙엽 진 거리만 서성인다

그대를

그대가
머물다 떠난
그 자리
야윈 외로움 대신
둥근 그리움을
채우겠어요

아쉬워 놓지 못한
두 손
저녁 하늘에 스미는
온유한 눈빛
가슴에 가만히 포개어
안아봅니다

이 순간
일렁이는 그리움
쏟아져 내리는
달빛 가슴속

나 정말 그대를 안아봐도 될까요…….

마음 항아리

내 마음속 항아리는
채워져도 비어있어도
항상 배가 볼록하다

보고 싶은 생각이
가득하여
터질 듯 불뚝하고

보고 싶어도
볼 수 없는
허기진 그리움이
가득 차서 볼록하다

그냥

그대 이름
가만히 적어 봅니다

그냥
내 마음이 빙그레
웃고 있습니다

고마워요
그냥
이름 한 줄 적었을 뿐인데

마음 한쪽에 그냥
아무렇게나 적어 보아도
행복해지는 그리운 이름

그대

빗물 적시는 가슴에
고운 햇살
포근히 미소 담그시는
그리운 그대

꿈속에조차
못 잊어 아름다워라

기다림의 간절한 순간
눈물은 하얀
구름 꽃 되어
봄빛 하늘을 맴돈다

꽃잎을 스치는
눈부신 햇살
가슴 적시는
투명한 순정의 햇살 비
나의 그대

섶다리

비 내리는 날
저 강의 섶다리에도
강물이
그리움처럼 차오를 테지

아직 오지 못한
내 사랑이 멀리서
촉촉이 눈물 흘리고 있겠지

비 오는 날
저 섶다리 위에
그 사랑을 만나러 나가야지
비처럼
가슴으로 쏟아질 테니

비 오는 날엔
저 섶다리
강물에 잠겨 떠내려가기 전에
어서 나가 봐야지

초롱별

저 하늘에 수많은 눈빛 중에
오로지 하나의 빛

시린 마음을 따뜻이 데워주는
온화한 별빛

어두운 밤 반짝이는 눈
마주하게 될 때면

나도 모르는 기쁨
초롱초롱

어느 날은 보이지 않아
꿈길에나 만나 볼까
까만 두 눈을 감으면

가득 비춰 오는 따스한 느낌
변함없이 바라보고 지켜주는
내 마음에 초롱별

예쁘다

일찍이 누군가 만든
예쁘다 이 말은
들어도 말해도 예쁘다

겨울잠에서
깨어난
예쁘다는 이름의 꽃

욕쟁이 할머니도
새색시 볼 발그레한
수줍은 봄꽃이 된다

바라봅니다

당신을 바라봅니다

우리는 바라봄으로
하나가 되고 가까워집니다

바라보는 것은
꿈을 이루려고 가는
새벽 첫차에 오른 것입니다

바라보는 곳에
우리의 미래가 있습니다

나는 당신을 바라보며
거친 세상 속에서
넘어지면서도
또 일어나 달려갑니다

당신도 나를
바라보고 계시지요

말씀 안 하셔도 느껴집니다
나의 눈에 마음에
이미 들어와 계시니까요

알콩달콩

손전화
쉴 새 없이
콩콩 톡톡
우리 공주
콩 키우는가 보네
콩탁콩탁
콩 볶는가 보네

계속 처음처럼
콩 잘 키워주렴
콩 잘 볶아주렴

네가 울면
나도 따라 운단다
네가 외로우면
나도 외롭단다

눈꼴 시리다고
닭살 난다고
뭐라 하지 않을게
맛있게 콩콩 볶아
알콩달콩 나도 나눠 주렴

3장 세상 길 가는 동안

당신의
숨소리, 목소리
그 어느 것 하나
당신이라고
느낄 수 있는 것
그 무엇이라도 그립습니다

여행

여행을 떠나는 날
하늘은 눈 부신 햇살
가방에 담아주시며
오랜만에 환하게 따스하게
마음껏 웃고 오라고 합니다

어제의 젖은 슬픔은
바싹 말리고
오늘은 마냥
행복하게 지내라고 말해 줍니다

저 하늘의 뭉게구름 사이로
세월이 흐르고
나도 따라갑니다
어디를 가든 꼭 함께이고 싶은
사람이 그리운 날
나는 여행을 떠납니다

잣대

어떤 사람에겐
나의 기쁨과 행복이
오히려 슬픔이 되었고

어떤 사람에겐
나의 슬픔과 불행이
오히려 희망과 용기가 되었다

사람들의 입장과 형편에 따라
착하고 좋은 사람이기도 했고
나쁜 사람이기도 했다

나도 그랬다
마냥 행복한 웃음의 사람들 앞에서
때론 한없이 초라한 느낌으로 쪼그라들었고
아프고 힘든 사람들과
더 안 좋은 형편의 사람들을 보며
내 가진 것에 감사함을 느끼곤 했었다

작은 잣대로 나와 남의
마음을 재고 들여다보는 어리석음이
해가 뜨고 해가 지듯
오늘도 되풀이되는 하룻길이지만
너른 마음으로 세상을 바라보는
따스한 눈빛이 되고 싶다

등목

아! 시원하다
소스라치게 차가운
펌프 물이 기쁜 감탄사를
한 바가지씩 퍼부어 내리며
한나절 땀에 전
아버지 마른 등줄기를 적셔 주었다

아버지의 등은 늘 그렇게
야위었지만
육 남매를 업어주던
이 세상에서 가장 든든한
우리의 쉼터였고
가장 높은 산이었다

아버지 등에 업힌 날에는
하늘보다 더 높아진
기분 좋음이었다

이 여름날 마당 수돗가에
나가보면 펌프 물 있던 자리
아버지의 등이 보이는 것 같아
등에 물 부어 드릴까요?
저절로 말이 나오려 한다

나뭇가지

우리는
한 나무에서 자라나
함께 살아온 피붙이입니다

큰 가지 작은 가지
궂은일 좋은 일 함께 겪으며
우리의 하루하루는
행복을 키워갑니다

깊은 어둠 감당할 수 없을
두려운 폭풍 몰아쳐도
서로 의지하고 위로의 몸짓을
멈추지 않습니다

우리는 한 나무에서 뻗어 나온
사랑의 가지입니다
때로 부대끼며 미움으로 흔들리는
아픔의 순간도 있지만

우리는 사랑이기 때문에
사랑하기 때문에
사랑할 수밖에 없으므로
흔들렸을 뿐입니다

뜨거운 햇살 아래

얼마나 뜨거웠길래
저리도 시들은 걸까

매미는 제 할 노래 목청껏 부르고
햇살도 뜨거움을 토하는데
꽃잎은 어찌하여 햇살 아래 시들며
힘찬 매미 노래에도 고개만 떨구는가

무엇이 너에게 목마른 시듦
무엇이 너에게 고개를 가누지 못할
무거운 슬픔이 되었는가

한낮의 뜨거움과 열정을 품어라
잠시의 시듦은 영원한 꽃피움이니
지나가는 바람 한 줄기라도
산들산들 꿈을 불어주고 가지 않는가?

마중물

이제 더는 죽을 힘도
수저 하나 들을 기운도
입에서 흐르는 침 한 방울조차
닦을 수도 없다고
이제 끝인가 보다고 바닥이라고 낙심될 때

지옥 같은 마음속 깊은 지하에
나도 모르는
희망 한줄기 살아 흐르고 있음을 기억하자

어떤 상황에서도
내 편이 되어 믿어 주고
함께 하는 단 한 사람 때문에
그 사랑 하나 때문이라도
모든 것을 샘솟듯 퍼 올려 낼 수 있는
마지막 최고의 힘이 있음을 나는 믿는다

내 삶의 단 한 사람
아니, 사람이 아니어도 좋다
신앙이든 그 무엇이든
삶의 절벽 끝에라도 반전의
마중물이 있음을 꼭 기억하자

나만은

모두 떠나도
나만은 나를 떠나지 않는다면
다시 살아날 수 있다.

모두 버려도
나만은 나를 버리지 않는다면
다시 쓰임 받을 날 있다

모두 놓아도
나만은 나를 놓지 않는다면
다시 웃을 수 있다.

목이 메는 눈물을 훔치며
나와 사랑을 시작하는 오늘
끝까지 함께할
단 한 명
사랑하는 나를 꼭 붙잡고 간다

김밥

하얀 쌀밥 김 안에 들어가
꼭꼭 싸여 돌돌 말려지는 날
이제 너의 이름은
그냥 쌀밥이 아닌 김밥이다

질은 밥이든
고시고 실한 밥이든
찬밥이든 따뜻한 밥이든
너의 이름은 김밥이다

단무지 하나
김치 하나만 얹어도
누군가에겐 꿀맛 같은 행복이다

시장통에 살든
명품백화점에 살든
언제나 감사하고 기뻐하여라

속을 드러내야 하는
누드 김밥이 될지라도 당당하여라

너는 사랑하는
나의 김밥임을 잊지 말아라

콩 한 쪽

콩 한 쪽을 나눠 먹어도
고맙다 배부르다고
즐거울 수 있는 사람

콩 한 말을
혼자 다 먹고도
힘들다고 짜증
부리는 사람

사람의 이기심은
남의 사정 보다
제 코앞의 문제가
제일 크다고 아우성이다

콩 한 쪽에도
즐거워할 행복을
만나고 싶어
희망 한 줌 움켜쥐고
현관문을 나서는 새벽

모태 시인

우리는 모두 모태 시인이다

태어나는 순간
"응애" 라는
감탄의 시, 생명의 시로
사랑하는 이들을
감격으로 울게 했다

또 어떤 이는
울음소리를 못 내
슬픔이 되기도 했다

우리는 점점 자라나면서 노래했다
더 좋은 더 나은 시어들로
성장하고 있었으며
좌절과 고통 외로운 시를 쓰기도 했다

아직도 삶의 시는 끝나지 않았다
아무리 쓰고 또 써도
미완성의 몸부림은
호흡이 끊기고 심장이 멈추는 순간에도
이루어질 것이다

이왕이면

이왕 하는 말
좋은 말이었음 좋겠어요

이왕 만난 사람 좋은 점만
보면 좋겠어요

이왕 헤어진 사람 좋은 일만
기억하면 좋겠어요

이왕 사는 한 번뿐인 인생
거짓으로 꾸미지 말고
진실하게 살다 가면 좋겠어요

이왕 이리된 거 감사하면 좋겠어요
감사하며 사는 일 쉬운 것 같지만
말처럼 글처럼 쉽지가 않아요

그래도 감사하며 살면 좋겠어요
어떤 순간에서도…….

삼겹살과 소주

그들은 오래된 친구
늘 같이 붙어 다닌다
떨어져 있는 걸 못 보았다

한 입 싸서 듬뿍 입에 넣어주고
한 잔 기울이는 맛이란
바로 행복이 이런 거구나
해도 무방할 듯싶다

느낌 알딸딸하게 몰려오니
숨겨둔 억압된 언어들이
근엄한 옷을 벗고
알몸으로 뛰어나온다

저런 저런
그럼 그럼 아무렴 그렇고 말고
서로 까르르 하하 웃으며
노릇노릇 맛깔난 이야기

그들의 이야기
자정이 넘어가도록
술술 시원히 넘어간다
살살 맛있게 익어간다

사발면

사발 안에 몸을 오그리고
빼빼 마른 면발들이
으스러질 듯 붙어있네

배고프고 쓸쓸한 날엔
따뜻한 게 그리운가 보다
팔팔 끓는 물로
원하는 선까지 사랑을 부으라 하네

삼 년도 아니고
삼십 년도 아니고
고작 삼분이지만
따뜻이 몸을 녹이렴
뜨거운 내 마음을 받으렴

살살 저어주면 딱딱한 몸과
엉킨 맘이 풀려
나긋나긋 부드러운 맛으로 안기고
뜨끈한 국물로 내 속까지 데워주니

허기진 바람불어 쓸쓸한 날엔
우리 사이
딱 좋은 뜨거운 사이

알감자

같이 자란 잘생긴 왕 감자는
큰 회사로 뽑혀서 갔고

조그맣고 못생긴 나는
흙 속에 그대로 남겨졌어요

동네 사람들이여
지나가시다
혹시 보시거든
한 자루 업어다 드셔요

왕 감자 잘 생긴 친구는
이름 떨치고 한자리 차지했다는데
나는 따라가 구경도 못 해보고
밭 귀퉁이 흙 속에 버려졌어요

누가 나의 이 모습
자글자글 알뜰히 조려
맛있는 이름을 불러 주세요

밥상에서
기쁨 한자리 차지하고 싶은
알감자 올림

쉼이 필요할 때

때로는 모든 것이
시들할 때가 있다

그토록 가슴 벅차도록
숨이 막히도록 그립던
사람도 일도

시들하여 피곤하기만 할 때가 있다
에너지가 고갈되었다는 신호이다

다시 팔딱거리는 맥박의
짜릿한 느낌을 찾기 위해

다시 쿵쾅거리는 심장의
신선한 충격을 만나기 위해

때로는 모든 것이 시들한 것이다
쉴 때라고 신호를 보내오는 것이다

눈부신 햇살

환히 다가오신 햇살이여
감사합니다

햇살 한 줌 귀한 어두운 곳에서
얼마나 당신을
꿈꾸며 기다렸는지 몰라요

오늘 이렇게 눈이 부시도록
넘치도록 비춰주시니
감사합니다

너무 눈부셔 커튼을 치라고
남들은 말하지만
온전히 당신을
느끼고 만나고 싶어
커튼은 치지 않으렵니다

창가에 가득 환한 미소
당신의 모습을 오랫동안
맑은 영혼에 담고 싶습니다

햇살 좋고 바람 좋고

어제는 비가 오더니
오늘은 햇살이 빛난다

햇살과 바람이 자꾸만 뭘
꺼내 놓으라고 하여
세탁기에서 빨래를 꺼내
햇볕에 널었다

바람이 지나가며
날려 보낼지 모르니
꼭 집어 놓으라 말했다

내 마음 줄에도 행복을 널고
바람에 날아갈까
감사 집게 하나 꼭 집었다

마음 줄에 또 하나
아직 젖은 슬픔
보송보송 기쁨이 되고 싶어
햇살 집게로 집었다

제목 : 햇살 좋고 바람 좋고
시낭송 : 박순애

스마트폰으로 QR 코드를 스캔하면
시낭송을 감상할 수 있습니다.

0자의 하루

0~0자의 하루는

1~일찍 새벽에 일어나

2~이쁘고 밝은 얼굴

3~삼삼하게 세수 화장 마치고

4~사랑하는 가족을 위해 일터로

5~오늘도 열심히

6~6월의 첫날

7~칠전팔기 마음과

8~팔팔하게 뛰는 심장으로

9~구구절절 인생 노래

10~열심히 부르니 열 부자 안 부럽다

종이컵

나는 깨지지 않아
아무리 밟아도
던져도
다만, 구겨질 뿐이야

내 안에 담긴 맛 난 커피 마시고
자근자근 눌러 씹을 때도
아프지만, 잠잠히
너의 아픔을 헤아리고 있었어

커피가 다 식을 때까지
네 손에 붙잡혀
멍하니 창밖을 바라보았어

너의 독한 외로움이 불안한 듯
나를 또 꼭꼭
깨물고 있었어

살아가면서

너무 잘나 보여서
남에게 기죽이는 부러움의 대상
질투의 대상이 되지 않기를

너무 못나 보여서
남에게 손가락질받는
비웃음의 대상이 되지 않기를

나는 소망합니다
나의 웃음소리가
그 누군가에겐 상처가 아니기를

나의 울음소리가
다른 누군가에게
슬픔을 전하는 소리가 아니기를

나는 소망합니다
나의 배부름이 남도 배부름이요
나의 이 배고픔은 다른 이의 희망이기를

계절을 그리며

따뜻한 방과 덮을 이불
머리 하나 고일
베개가 있다면 축복입니다

찢긴 신문지로 삶의
설움을 쪼그려 덮고
고뇌의 바닥 한쪽에
눈물을 깔고 누운 어느 날

사랑은 실종되고
이기심과 탐욕이
자리 잡은 황량한 거리를
혼자 걸어야 하는 그런 날
삶은 왜 이리도 추울까요

사랑이라는 따끈따끈한 방
포근히 덮어주는 용서의 이불
마음껏 베고 누워도 다치지 않을
믿음의 베개가 그리운 계절입니다

믿음

당신을 만나고 나서야
힘들었던 마음의 짐을
내려놓습니다

웅크린 어둠이 물러가고
눈부신 기쁨의 노래를 부릅니다

황무지 같은 마음에
촉촉한 단비 내리시니
다정한 말 따스한 눈빛
생명으로 꽃피어납니다

당신과 걷는 이 길이
어쩌면 이렇게도 좋은지요
행복한 미소 몽실몽실
어찌할 수 없습니다

제목 : 믿음
시낭송 : 박순애
스마트폰으로 QR 코드를 스캔하면
시낭송을 감상할 수 있습니다.

입고 싶은 옷

가슴 뛰는 감사의 옷을 입고
뾰족뾰족 가시 박혀
상처뿐인 원망의 옷을 버리고 싶어라

빛 밝아 푸른색 나풀거리는
기쁨의 옷을 입고
어두운 슬픔의 옷을 벗고 싶어라

태양처럼 빛나는 열정의 드레스를
어엿이 차려입고
걱정 근심 남루한 옷을 벗고 싶어라

진실하고 순수한 기도의 옷을 차려입고
욕심과 육신의 욕망에 찌든
누더기 겉옷을 미련 없이 던지고 싶어라

너는 내 것이라

너는 내 것이라
당신의 그 말 한마디에

나의 방황은
무너지고 말았습니다

이제 옛사람의 성분으로의
나는 없고

당신을 위한
새로운 내가 존재할 뿐입니다

떨리는 심장으로 사랑합니다
당신을

생각의 숲에는

어느 날 문득
잠깐 스치는 생각
그것마저도
좋은 생각이게 하소서

생각의 숲에는
일렁이는 감동과
영롱한 그리움이
머물게 하소서

상처로 울부짖는
고통의 바람이 멈추고
보드라운 위로와 따스한
바람이 머물게 하소서

상쾌한 생각
청량한 바람으로
부정적인 생각을
정결케 하소서

사시사철
푸른 생명 살아 노래하는
울창한 사랑의 숲
생명의 숲 되게 하소서

허드렛물일지라도

그대 그동안 얼마나 힘드셨습니까
흥겨운 잔칫상에 올라가지도 못하고
냄새나는 발과 걸레를 씻으며 지내왔음입니다

그대의 오랜 섬김과 수고를 어여삐 품어
주님께서는
사랑스러운 물로 존귀하게 쓰임 받게 하셨습니다

그분의 사랑은 끝이 없습니다
변함이 없습니다

나의 사랑 나의 순결한 그대여
그분의 진실한 사랑은 그대를
최상급 포도주로 변화시켜
잔칫상의 주인공이 되게 하셨습니다

그동안의 구정물 같은
슬픔, 지독한 외로움
낮고 천한 모습은
더는 그대의 모습이 아닙니다

내 사랑하는 그대여
이 세상 그 무엇보다도
존귀한 자로 내가 그대를 사랑합니다

세상 길 가는 동안

이 세상 길 어두워질 때
나는
어린아이처럼 무서움이 몰려옵니다

그런 날엔
꼭 서러워 울게 됩니다

당신의
숨소리, 목소리
그 어느 것 하나
당신이라고
느낄 수 있는 것
그 무엇이라도 그립습니다

나는 오늘도
이 순간도
당신을 찾는 목마른 어린 영혼입니다

당신의 너른 품 안
보호 아래 있을 때라야
비로소
근심 없이 뛰어노는 해맑은 아이입니다

기도

당신은 저에게
어떤 분이십니까
기쁘고 편안할 때는
생각도 안 나다가

힘들고 어려울 때
생각나서
제발 도와주세요 라고 간절히
염치없이도 찾고 있는
나는 어찌 된 사람입니까

당신은 나의 누구시기에
이토록 나를 내려놓지
않으시고 붙잡고 계십니까

제가 무엇이관데
애타게 기다리시며
이토록 사랑하신다 하십니까

들깨

들에서 밭에서
한여름 뙤약볕에서
비바람 속에서
오로지 깨가 쏟아지는 생각만 했다

나의 때가 가까워져 올수록
주인의 손길이 발길이 더욱
나에게 집중을 하였다

나는 영글어졌고
도리깨로 얻어맞으며
알맹이와 껍질을 구별시켜갔다

아팠다
땡볕 아래 살이 터지는 고통을 겪으며
끝까지 향기로울 나의 마지막을 누리기 위해
기쁜 눈물을 닦았다

시원한 나무 그늘도
매미도 한목소리로 목청껏
응원가를 불러주었다

드디어 들기름으로 태어났다
향기롭고 영양 있는
참으로 쓸모있는 존재로 거듭났다

나!
주인의 기쁨이 되고야 말았다
아~!
행복하다

주님께

당신이 주시는 사랑
눈에 보이지 않는다고
귀에 들리지 않는다고
손에 잡히지 않는다고
왜
원망하며 슬퍼했을까요

지금 이 순간
살아 숨 쉬는 이 자체가
당신께서 얼마나 사랑하시는지
보여 주시는 확실한 증거임을
왜
몰랐을까요

저에게 주신
약속의 말씀을
잊지 않겠습니다

기쁨으로
열매 맺는
당신의 정원에
한 그루 나무가 되겠습니다

4장 가로수의 겨울

화려한 겉옷을
다 벗어 땅에 나눠주고

지푸라기 속옷 하나
차려입은 가로수

앙상한 손으로
얼굴을 감싸 안고
칼바람을 피한다

떠나는 가을

겨울을 맞이하기 위해
늦가을의 바람은
답답한 세상의 창문을 열어
오염된 분위기를 환기한다

뚜벅뚜벅 겨울이 다가올수록
자리 내어줄 준비
하늘에서 내려주는 빗물로
구석구석 물청소를 한다

길거리엔 은행잎 빗자루가
잡다한 쓰레기와 나뒹구는
슬픈 흔적들을 조용히 쓸고 있다

머물던 자리에서
작별의 인사
쓸쓸한 낙엽으로 대신하고
뒷모습도 당당히
한 계절이 떠나고 있다

아름다운 연습

나를 위해 한 잔의
블랙커피를 타고 있다

모락모락 올라오는
포근한 향기를 만나며
향긋하고 따뜻한 생각을 하고 있다

이름 모를 슬픔 아득한 기대
깊은 절망 허기진 기다림
격하게 치밀어 오르던 숱한 기분

하나하나 차분히
커피 향 속에 실려
고요히 떠나 보내는
자그마한 이별의식을 하고 있다

모든 것은 이렇듯
잠깐 만났다 떠나가는
아름다운 이별 연습을 한다

그것이 아픔이든 기쁨이든
오랫동안 아프고 그립지 않기를
홀로 쓸쓸하지 않기를 바라며…….

 제목 : 아름다운 연습
시낭송 : 박영애
스마트폰으로 QR 코드를 스캔하면
시낭송을 감상할 수 있습니다.

빈 화분

붉게 타올라
향기를 꽃피우던
사랑도

잎사귀마다 싱그러운
우정도

줄기마다 든든히 의지하던
믿음도

깊게 내려 끊을 수 없는
질긴 정 한 뿌리도

남아 있지 않아
텅텅 빈 허전한 위장에

쏟아지는 빗물 흠뻑 들이켜
한 톨 미련마저 씻어 내리고 있다

홀가분한가

기차 안에서

너를 잊으러 떠나는
기차 안에는
저녁 하늘만이 슬픈 노을
눈망울로 다가왔다

어둠이 내리고
그리움이 별처럼 쏟아져
무릎 위에 잠이 들었다

거칠지만 따스한 손바닥으로
달리는 기차 창밖으로 보이는
너의 두 볼을 쓰다듬었다

다시는 못 볼 그 얼굴을
기차가 도착지를 알리는
마지막 순간까지
쓸쓸한 가슴에 꼭 안고 왔다

기차가 멈추고
나는 너를 두고 내려야 했다
어디를 가든지 어디에 있든지
행복하길 빌면서…….

이슬

어두운 밤이 지나가니
아침이 왔다
돌고 도는 시간의 틈에
대롱대롱 이슬방울

이슬이 주는 싱그런 설렘
행복한 아침은 햇살 속에
한순간 눈물로 얼룩지고

아무렇지 않게 웃어야 했지만
가슴은 고장이 났는지
울컥거리고 있었다

해맑은 웃음 지으며
글썽이는 두 눈
돌아오는 그 길엔
벌써 어둠이 마중 나와 있었고

너의 뒷모습 눈빛 애처로움
내 눈물 못 본 척 눈감아주는
속 깊은 어둠만이
흐느끼는 어깨를 덮어주었다

가을날의 오후

푸른 하늘 뭉게구름
마음껏 먹어버린
나른한 오후의 풀잎

졸음이 몰려와
마냥 하느적 하느적
드러눕고 싶다 하네

티 없는 풀잎의
두 눈 속에 빠져드는
정겨운 향기 바람

하늘하늘 스러지는 풀잎
달콤한 바람의 이름
살며시 불러본다

임의 숨결이다

아!
가을 내음에 취해
꿈길 여행 떠나고 싶다

가을 산책

산책하러 나가시면
저도 따라갈래요
어디를 가시든지
난 그대를 따라갈래요

가을 고독을 즐긴다며
홀로 가지 마셔요
나는 그대의 가는 발길마다
그리움에 물든 예쁜 단풍 이여요

산책길 그 어느 길이라도
그대와 함께이고 싶은
나의 마음엔
그대를 향한
그리운 단풍길이 있어요

단풍 문자

단풍잎에
내 마음을
적었습니다

더 많은 것을
드리고 싶은데

사랑합니다
보고 싶습니다

겨우 두 줄
적어보았습니다
예쁘게 받아 주실 거죠?

까치밥

너를 기다리며
추위 속 가녀린
가지 끝에 매달렸다

바람이 뒤흔들고
거센 비를 맞아
고개 숙인 날에도

열매의 단맛을
꼭 끌어안고
너를 기다렸다

어두운 날
추위가 다가오기 전
어서 돌아오기를……

마지막 잔칫상을
기쁜 마음 둘러앉아
함께 하고 싶구나

공중전화

달칵달칵
돈 줄어드는 소리
목소리 백 원어치
들려주고 또 돈 넣으라 하네

참말로 너는 깍쟁이구나
애타게 해 놓곤 얌체같이
돈만 먹고 입을 꾹 다물었네
옆구리 툭툭 쳐봐도 모른척하네

그래도 아쉬울 땐 급할 땐 고마웠어
기쁜 소식 슬픈 소식 나누며
우린 정말 반갑고도 아픈 친구였어.

가끔 네가 생각나서
길을 걸어가면서 두리번거려
네가 어딘가에 있는 것만 같아서
꼭 있을 것만 같아서

깜장 고무신

아장아장 발을 담았네

깜장 고무신이
발바닥을 업고 뛰어가네

얘들아 오늘은
운동장에서 뛰어놀자

밀끄덩 밀끄덩 벗겨져도
운동장을 달린다

예쁜 운동화보다
더 잘 뛰는 깜장 고무신

운동화야 얼른 와
같이 손잡고 달리자

고무신도 달리고
운동화도 달린다

해님도 달려오며
햇살 웃음 비춰준다

추석 송편

통통 부른 하얀 쌀
가루로 곱게 부서져
달콤하고 고소한
속살 채우고 싶어요

어머니 손에 붙들리어
예쁜 모양으로 빚어지고
막내 손에 붙들려서는
못난이 모양으로 빚어져요

이야기 도란도란
모여앉아 반달도 되고
보름달도 되며 손자국마다
정겨움으로 빚어져요

솔솔 뜨거운 김이 오르고
솔잎 향 은근한 떡 익는 냄새가
뜨거운 여름날의 고된 땀방울을
집안 가득 기쁨 향기로 보답해요

허수아비의 짝사랑

벼 이삭 노란 들판에
기다림이 익어가고
참새의 재잘대던
노랫소리 그립다

참새떼의 작은 뱃속
배고픔을 알아주고
알곡을 내어줄 때
기쁨을 누린다

고맙다고 포롱포롱
노래하는 참새들
어느새
허수아비 누더기 마음은

멋스러운 옷으로 치장하고
반가운 임 만난 듯
훨훨 날아오른다

다시 만날 날 기약하며
손 흔들어 배웅할 때
낡은 옷자락에 그리움이 스며
바람결에 아쉬움 하늘을 오른다

꽈리

푸른 나의 청춘
빨갛게 익어가니

속으로 여물은
씨앗 같은 세월이

추억과 그리움으로
빼곡하여라

아픔이 왜 없었으랴마는
빼어내고 꺼내어보면

시원하게 불러보는
한 줄 노랫가락이려니

비워가며 불어보는 꽈리
시름 털어 즐거이 흥을 불러오네

잠 못 드는 밤

심장이 멈출 듯
숨이 막힐 듯
그렇게 그립던
내 이글대던 여름날은
지금 어디에서 잠들고 있는가

꽃잎이 떨어져도
눈물이 흐르고
그 임의 따스한 사랑해
한 마디에
모든 걸 내 걸은
미친 그 사랑은
어디에서 잠자고 있는가

젊은 나는
어디에서 깊은 잠을 자는 건가
잠들지 못한 이 막막한 시간에도
여름날은 어디에서 깊이
잠들어 있단 말인가
그 어디에서

외로움

우두커니
무얼 생각하는 걸까
늘 나만을 바라보며
떠나지 않는 끈질긴 존재

잊고 싶어도
떠나고 싶어도
버리고 싶어도

눈을 감는
마지막 순간까지
함께 가줄 고마운 존재

너를 애써 피하지 않으마
내가 그렇게도 좋으면 같이 살자

밥도 해주고
옷도 깨끗이 입혀주고
불면의 밤도 같이 있어 줄게
나랑 친하게 잘 지내자
너 때문에 다시는 울지 않을 테니

빈 의자

온종일 누구를
기다리는가 보다

사뿐히 내려앉아
이야기 나누던

보드라운 바람 소리
그리운가 보다

나무 그늘에 잠깐씩 나타나는
햇살 한 자락이 반가운가 보다

지친 하루가
다리 쭉 펴고 눕고 싶을 때

꽃단풍 고운 자리 환하게 펼쳐주며
하루를 반겨주는 빈 의자

추운 날

날이 추우니 사람들이
불을 지피나 보다
굴뚝에서 연기가 나는 걸 보니

온몸과 마음 구석구석
훈훈한 온기로 하루를
시작하려나 보다

사람마다
코에서 입에서
하얀 연기가 나는 걸 보니
아무리 추워도
마음 온도 자글자글 끓는가 보다

고드름

햇볕은 따스하게 비추는데
처마 밑에 네 모습
아직 냉랭하기만 하다

지난 어두운 밤
꽁꽁 얼어붙은 마음
얼마나 추웠을까
얼마나 아팠을까

인제 그만
얼은 가슴을 내어놓고
마음껏 기쁜 눈물을 나누어보렴

스쳐 지나가는 겨울바람이라도
햇살 한 줌 담아
안타까이 네 추운 마음
만져 주고 지켜보고 있잖아

마중

차가운 겨울바람이
퇴근길 마중 나온 날

목도리를 칭칭 감으라고
장갑을 끼라고
바람 소리 추워 추워
잔소리 시작이다

별님은 예쁜 눈 반짝이며
어서 집에 가자 힘들었지
다정한 말만 했는데
오늘은
어디로 갔나 벌써 잠들었나 보다

잠꾸러기 별님이 미워지는 밤
퇴근길에 별님은
끝내 나타나지 않고

시무룩한 내 눈치를 살피며
집까지 잘 데려다준 겨울바람
미안하고 고맙다
차가운 너라도 잔소리꾼 너라도
곁에 있어서 참 든든하다

겨울 나뭇잎

어쩌면 저리도 창백한
몸으로 견딜 수 있을까

한때 푸른 번성을 누렸거늘
삶의 빈 가지 끝에 매달린 모습

스치는 찬 바람조차
머물지를 않는구나

춥고 추운 어두운 밤 홀로
식은땀으로 앓아누워

가지 끝 미련 접고
고향 품속 돌아갈 생각에

찬 서리 눈먼 어둠 속에서
밝은 눈 뜨고 있구나

겨울비

차가울 것만 같은
인정이라고는 하나도 없을 것 같은

낯설고 시린 그대가
창문을 두드리네요

눈물을 삼킨 탓이겠지요.
차마 표현을 못 한 모습이겠지요

그대라고 어찌 살그머니
애교부리고 싶지 않을까요

강렬하게 뜨거워지고 싶지 않을까요

감성을 적시는
분위기 품고 싶지 않을까요

어찌 차갑기만 하겠어요
외로운 마음
이미 그대에게 젖어

이렇게 그리운 눈물
비처럼 쏟아지는데요

가로수의 겨울

화려한 겉옷을
다 벗어 땅에 나눠주고

지푸라기 속옷 하나
차려입은 가로수

앙상한 손으로
얼굴을 감싸 안고
칼바람을 피한다

온몸을 타고
터져 나오는 울음
주체할 수 없는데

냉랭한 표정
휘몰고 오는 겨울바람
그칠 줄을 모른다

땅을 심하게 사랑한 죄
모조리 주어버린 행복함
나뭇가지 떨리는 숨결이 뜨겁다

나누어준 그 사랑
더욱 살이 붙어
생명 줄기 튼튼하게
뻗어 갈 것을 나무는 안다

혹독한 겨울바람이
고마운 것은
낡은 속옷만 입고도
당당히 견디는 것은

그 깊은 뿌리에
끊을 수 없는
커다란 사랑이
숨 쉬고 있기 때문이리라

겨울

설레던 아기 바람
꽃내음 향긋한 봄날

뜨거워서
못살 것 같던 여름날

가지마다
황홀하게 익어가던
탐스러운 열매
눈부신 빛고운 단풍

모두 떠나고
기억의 한순간
그리운 생각들

속으로 점점 추워져
탄탄히 마음의 기초를 다지는 시련

침묵의 시간 속에 자라나는
고드름 같은 고독이

겸손히
아래로 뻗어 뿌리내리는
몸부림의 계절

제목 : 겨울
시낭송 : 김지원
스마트폰으로 QR 코드를 스캔하면
시낭송을 감상할 수 있습니다.

124

그 순간에는

정작
사랑할 때는
우리는
사랑 시 한 줄도 쓸 수 없다
오로지 그 사랑에만
몰입할 뿐

정작
이별할 때는
이별 시 한 줄도 쓸 수 없다
오로지 그 이별에만
몰입할 뿐

정녕
사랑하고
이별하는 그 순간에
우리는 아무것도 할 수 없다

모든 것은
떠나간 이후
철저히 홀로 일 때
그리움을 적어갈 뿐이다

숫자 1

숫자 1
다리도 안 아픈지
참 오래도 서 있다

너를 바라볼 때마다
답답함을 피할 길 없다
아픈가
무슨 일이 있는 걸까
삐진 걸까
등등의 많은 생각이
먹구름을 몰고 온다

외로움
단절
불안
초조
낯선 거리감이
무수히 쏟아져 내린다

무엇을 위해
누구를 위해
그렇게 오래
홀로 서 있는 1인가?

세월 속에서

단 하루만이라도
함께 있고 싶던
못 견디게 그리운 사람도
일도
저무는 하루처럼 지나갔다

삶이란 그랬다
세월 속에서 변해가고 있었다

이 허무한 가슴속에 들어있는 기억
이 기억조차도
잃어버릴 날이 올 것이다
이 땅에서 영원한 것은 아무것도 없기에

기쁨도
슬픔도
그 모든 것은
머무르지 못할 손님이었을 뿐이다

꽃이 비에게

김인숙 시집

초판 1쇄 : 2017년 9월 15일

지 은 이 : 김인숙

펴 낸 이 : 김락호

디자인 편집 : 이은희

기 획 : 시사랑음악사랑

인 쇄 : 청룡

연 락 처 : 1899-1341

홈페이지 주소 : www.poemmusic.net

E-Mail : poemarts@hanmail.net

정가 : 10,000원

ISBN : 979-11-86373-87-3